AF331190
Z
BASQUE
389

NOTES

DE A. OIHENART

POUR LE GLOSSAIRE BASQUE

DE POUVREAU,

Publiées d'après le manuscrit de la Bibliothèque impériale avec l'autorisation
de S. E. le ministre de l'Instruction publique,

Et suivies d'observations,

PAR

H. BURGAUD DES MARETS.

PARIS,

LIBRAIRIE DE FIRMIN DIDOT FRÈRES, FILS ET Cie

IMPRIMEURS DE L'INSTITUT, RUE JACOB, 56

1866.

Paris. — Typographie de Ad. Lainé et J. Havard, rue des Saints-Pères, 19.

NOTES

FOURNIES PAR A. OIHENART

POUR LE

GLOSSAIRE BASQUE DE POUUREAU[1]

Du 30 may 1661.

DEBLOQUI ou **DEBLAUQUI**, qui signiffie resoluement ou impetueusement. C'est un mot particulier qui est usité du costé de Sara, dAscain et aux environs, et non ailleurs, on ne lentend pas mesme a Saint Jean de Leus, ny a Urrugne. Ce mot na pas lair basque et aparemment il a esté pris de quelque langue estrangere.

BECCATU CARIAZ (cest a dire) a raison de ce quil est peché.

BIHURGUNA. Retour : item restitution.

NARRITAZEA. Irriter.

LISTERTASUNA. Apetit de quelque friandise. *Lixterzea norbaitgana* avoir pente ou inclination a (enuers) quelquun.

BIGUNA. Force, vigueur, courage.

---

[1] Ceux qui ont fait quelque étude de la langue basque savent qu'il existe, en manuscrit, à la Bibliothèque impériale, un glossaire, ou plutôt l'ébauche d'un glossaire de cet idiome par Pouvreau.

Ce travail qui, à mes yeux, n'a qu'un mince intérêt scientifique, peut cependant par sa date attirer la curiosité des philologues et je me propose de le publier, tout défectueux qu'il soit.

A la suite d'un des exemplaires (car il existe deux copies écrites par Pouvreau) se trouvent quelques pages de la main de A. Oihenart, contenant des listes de mots basques.

Ce sont ces listes que j'offre aux érudits.

Oihenart a proposé et pratiqué certaines règles orthographiques assez ingé-

BIHUNA. Signiffie le mesme.

MUGUIZEA. Mouuoir.

IRASTORRA. Fumier faict auec feugere.

HAUTEMAITEA. Remarquer, obseruer, item, visiter.

SENDAGAILLA. Bel exploict.

JAIGURA. Enuie ou desir de sortir, item habitude de s'assembler.

CATRATCEA. Briser.

CROZCA. Taille a tenir compte.

ÇURE CROZCARA ESTA NIHOR HEDAZEN. Personne ne s'avance jusqua vostre conte, ou mesure.

LUÇACARIA. Longueur, lentitude, dilayement.

EGUIRAMU. Action faicte par ostentation.

CARBASQUIZEA. Charger de playes.

HELDEAC. Maladies populaires.

PATSARNOA. Je croy que cest le mesme que *patsa*, qui veut dire le marc de la pome quon pille au pressoir.

ALKA. Cest une herbe appellee autrement *Larre oloa*.

AZCOINA. Cest le creux, ou trou ou entre la viz, et particulierement la viz dun pressoir.

AGUIRANDOA. Cest une corruption des motz *au guy lan neuf*.

AUENCAC. Les escheles de corde pour monter le long du mast dun nauire. Feu monsieur dEtchebery lintérprete, *antemna :* mais mal, a mon aduis, car *antemna* se dict *maspreza*, en basque.

AZCUA. Braise.

BALDE, BALDATUA veut dire impotent, qui ne peut sayder de quelque membre.

BARATA signiffie ce qui est a bon marché : item, noise, riotte : item, brouillerie : dou vient *baratari*, cest a dire brouillon, qui embrouille les affaires.

BARD veut dire hier au soir. On dict plus communement *barda*.

BEDATSEA. En Soule cest le printemps.

BEGUITEA. La boutouniere ou le trou ou entre le bouton : il se

---

nieuses. Il représente le son aspiré par un esprit rude et non par H, pour éviter à l'égard du C et du P aspirés les formes CH et PH qui traduisent un son tout différent, en espagnol et en français.

Il préfère le V ou l'U consonne au B pour représenter ce son du B propre au basque et à l'espagnol.

Il a en outre recommandé l'emploi de deux signes différents (*s* et *ſ*) pour exprimer les sons différents des deux S basques.

Malheureusement, dans le manuscrit, l'auteur a perdu la mémoire de toute espèce d'orthographe. Il écrit tantôt suivant l'usage de son temps, tantôt suivant ses règles, parfois suivant son caprice.

Je reproduis scrupuleusement le manuscrit tel qu'il est. Plus tard, je donnerai, dans l'ordre alphabétique, ce fragment de glossaire en le transcrivant de deux façons, d'après l'orthographe d'aujourd'hui, et d'après celle qu'aurait dû pratiquer Oihenart, s'il eût été fidèle à son propre système.

NOTA. — Dans cette impression, le *s* surmonté d'un point représente le *ſ*.

prend aussi pour un nœud large, pour un las.

BELE ERROIA, ou simplement *erroia*, cest un vieux courheau. Je ne sçay ce que veut dire *lokazea* mais *lokarzea* cest sendormir.

BERESTEMIOA. Un homme qui est tout particulier et ne conuerse ny ne communique guere auec personne.

BERUNDAZEA. Plomber, ou garnir de plomb.

BETHURUSTA. Etcheberri linterprette *supercilium*: en basse Nauarre et en Soule lon dict *bép'urua*.

BETUNA, en Soule cest lherbe betoine.

BIXCORR, qui est vif, vigoureux: item, aspre, cest le contraire de *leun*.

BIGOURDA. Rejetton darbre.

BILKORRA. Suif. On dict en Basse Nauarre et en Soule *milgorra*.

BISCA. Du glu.

BOCAZEA. Acheuer. Cest un mot de la haute Nauarre.

BORMA. Verglas: item, muraille.

ÇAGUITAZEA. Solliciter, pousser a faire quelque chose.

ÇALDARRA en langage biscayen veut dire un clou ou froncle.

CALIN. Rustaut, lourdaut.

CAMAÑA. Lict de matelot [?].

CHARA. Taillis.

CARRAIOA. Charroy.

ULI FARFAILLA. Moucheron qui se va brusler a la chandelle.

ESPONDA. Le bord dun champ ou dun chemin qui est un peu eleué.

ALBOCA. Musette.

ALKUTSAC. Les fesses.

ERRIERTATSU. Rioteux.

GONA. Cotillon de femme, ou de fille.

DRUNDA. Fusil a alumer du feu.

CHARDANGA. Fourchette.

IXKERNUA. Eau croupissante.

KIRIZEA. Esbranler une chose qui tenoit ferme.

LARRU CHERRENDA. Lais de cuir.

MAIRANA. Mairein, bois coupé, non encore façonné, qui est destiné a quelque ouurage.

MARFIL. Yuoire.

ORUIA. Galop ou course.

PHERDOA. Fredon ou refrain.

PHERRO. Chien.

PUIO. Eminence.

UHILLADA. Arrousement.

UNGOA ou **ONGOA.** Paix, accommodement.

HASCURRI. Norriture.

ALCARAUIA [1]. Langage des affricains, limitrophes dEspaigne.

INGUMA on **ENGOUMA.** Sucube ou phantosme qui charge les corps des dormans.

UFRAPA. Desdain.

IRCAIZA. Sousris.

BERRETSAPENA. Augmentation.

SALHO. Proposition: item, concert.

OZTA. A peyne, *vix*.

HIRIAREN SORNAC. Je ne sçay que veut dire *sorna*; mais *sohorna* cest la venelle d'entre deux maisons: item, un fossé et *hirico sohornac* sont les fosses de la ville.

---

[1] On écrirait aujourd'hui *Alcarabia*.

EXPLICATION DE MOTZ BASQUES POUR ENUOYER A MONSIEUR POUUREAU.

NASAITASUNA. Relachement. Il vient de *nassaizea* qui signiffie lascher ou relacher.

EGUIBAIA (Forsan, **IGURAIA**). Sentinelle, garde.

CARHOA. Bougie.

CAHAROA. Gaule.

CARHAZEA (Forsan *Sarhazea*). Becher la terre pour en arracher les herbes.

HILDEA. Mortalitté.

SARNEA. Grosse gale auec crous tes.

SARNEZ MALDATUA. Chargé de ceste sorte de gale.

BELHAKOIA. Un instrument qui sert a couper de la feugere.

BOMBECIA ou **BOMBECIÑA.** Un flot de la mer qui s'esleue en lair [fort haut.]

BORMUA. La gorme.

CAFARDA. Un coup, sans blessure, donné auec la main ou auec le plat de quelque arme. On lapelle en gascon une *bourrade*.

CHARBOA. Un petit poisson comme un goujon. On lapelle en gascon *droguen*.

GARIOA. Cest la branche dun arbre, retranchée du tronc de larbre, qui est entiere et solide, non fendue ny brisee.

ERRIATZEA. Cest un mot de marine qui signiffie destacher une corde du nauire.

LABORE. Cest du bled meslé de froment et orge ou segle.

LABORE POCHINA. Un morceau de pain faict de ce bled meslé.

CHIMUXA. Cest un fil de couleur blüe quon mesle aux seruiettes, aux napes et autre linge vers les deux boutz.

MAGUINCHAC. Gousses de Febue.

IRAULAYA. Une sorte de gateau.

MOTHOA. La coiffure dune femme de condition commune.

USCALZEA. Garrotter ou empestrer une personne ou un cheual ou autre beste.

TREMPEA. Disposition de la santé dune personne: *Trempe gaiz dut,* je me trouue mal.

TREUECA. Trepied.

MORTUCO CHIRRIPAC. Les sources deau ez hautes montaignes.

NAHICARIA. Desir, conuoitise.

NARRIATCEA. Se desgouter de quelque chose.

NĀPUR. Affriandi a quelque chose. On dict cela, non seulement dune personne, mais aussi dune beste, laquelle ayant pris goust a lherbe de quelque clos ou jardin, on ne peut lempecher dy entrer.

NAPURTU, DA. Il sest affriandi.

IDAROQUITEA. Faire sortir.

ICHIRITZEA. Digerer.

ICORCIRINAC. Tumeurs qui viennent aux mains a ceux qui trauaillent.

JARHAITEA. Suiure.

JAMBA. Beellement de brebis.

GUISQUILLA ou **QUISQUILLA.** Un maloutru, couuert de haillons.

EP'AITCA. Coupe.

ENGREIÑAZEA. Ce mot se dict dun enfant lequel pour estre nourry auec trop de delicatesse et de complaisance, deuient facheux, difficile a contenter.

CHARCHIA. Cordage de nauire, amarre.

CUSCAZEA. Oster la coque a un œuf.

DARTICOAC. Graines de geneure.

DURDUSIA. Rudoyement.

ELKORTUA. Deuenu sourd : item, desseiché.

ENCALICAZEA. Croupir.

ERRESA. Pain de menage, *panis secundarius.*

ESCATIMA. Debat, contestation.

ESTRIBUA. Soustien, arcboutant.

GOGONDUQI. Bien intentionné.

ANUA. Cest le mesme que *anhoa,* la pitance du berger.

ARRUBIA. Cri dun chien enragé.

AMBARRA. Closture.

ARPINA. Plantain, herbe.

ARRO, EGUR ARROA. Bois carié ou pourry.

AURKA ou **AURKIA.** Lendroit des toffe : item, lopositte.

AURKAS, AURKAZEAN. A lopositte.

ASCUA. Brasier.

ASTECAL. A chaque semaine.

BAKARIA, ERRECEBIÇALEA. Etcheberri lexplicque *coniux.*

BAKARI ONA BATHU DU. Il a rencontré une personne qui lui a faict bon accueil et la bien receu.

BETA LASTOA ou **META LASTOA.** Pile de paille.

DAISTAILLUI. Goustement.

ENDRECERA. Endroit.

ENTREGU. Asseuré.

BILLIGARDAZEA. Deuenir gaillard.

BOCALETA. Voisinage de la barre.

CARRASCAZEA. Racler.

COBRUA. Conduite.

COFOLETA. Petit coffre.

CORCAZEA. Cest le mesme que *cocazea* saccrocher.

COMBORRA. Tronc dun arbre.

CHARLINGOA. Gasouilleur, graille parleur.

CHINGOCA NOA. Je marche a clochepied.

CHINOA. Porc marin.

ÇARHOA ou **ÇAROA.** Pré.

ÇAHAROA. Gaule.

CILLA. La bosse dune tonne : item un homme qui a gros ventre.

CINEGOTCIA. Un jurat, ou escheuin.

ÇOLDA. Crasse du visage, ou de la teste.

EKARAIA. Faut dire *Ukaraia.* Cest le poignet.

EKAIA a esté interpretté au premier memoire.

EKITEA CERBAITI. Sappliquer ou sattacher a quelque chose.

ESCALDA. Eschaufaison.

GARDINGA. Rance.

HAZCABARRAZEA. Gratter, *scalpere.*

HERBI OILLARRA. Huppe, oiseau.

HEMPAZEA, dict Etcheberri, mais on dict comunement *hompazea* deuenir enflé.

INDURA BANDURA. Sy feray, non feray.

KABOTCHA. Chabot, poisson. *Cephalus* en latin.

LARGANA. Une aire hors la maison.

LAIA. Un outil dont on se sert en Espaigne au lieu du soc pour labourer la terre.

LASTOLA. Une cabane faicte de paille.

LOCALZEA. Glosser.

MAGIA. Un sas.

MODORRO. Sot, stupide.

SATSURIA. Taupe.

OGALEA. Pasture aux pourceaux ou autres bestes, faicte de farine de milh trempée dans leau.

...AZEA. Fourgoner. (?).

ADUERTISSEMENT SUR LA DERNIERE EXPLICATION DES MOTZ BASQUES, ENUOYÉE A MONSIEUR POUUREAU.

Je me suis mescompté en interpretant *narriazea*, se desgouster, car jay creu parler de *nardazea* qui a ceste signiffication et *narriazea* veut dire *deuenir faché ou offensé en sa santé.*

Je nay pas aussy bien interpretté le mot *chara* pour bois taillis, car *chara* veut dire un arbrisseau ou arbre taillis et le bois taillis sappelle *xaradia.*

Potorroa : outre la signiffication que jay donnee a ce mot, il me semble auoir oüy nommer de ce nom, en mon jeune eage, un oyseau de mer malencontreux aux nauigans, dautant que son chant est presage dorage et de mauuais temps. Je men enquerray plus particulierement.

Le mot *albenia* est mal interpretté dans le dictionnaire de monsieur Pouureau par le mot *endroict d'estoffe*, ou il me designe pour autheur de cette interpretation, par la lettre O. Si j'ay donné cette interprétation, je me suis mescompté et jay entendu seulement expliquer le mot *aurkia*, car pour le mot *albenia* je trouue dans mes memoires quil signiffie la lisiere du drap et rien plus. Cest un mot de la vallee de Bastan.

Adeçara pour dire *tout presentement* nest pas bien escrit dans led. dictionnaire. Il faut escrire *adesara* avec l's latin et non avec ç.

Page 13. La mesme erreur sest glissee au mot *aitaçoa* bisayeul; car il faut escrire *aitaso* et non *aitaço.*

Mesme erreur en la page 6 dud. dictionnaire ligne 45, ou il faut escrire *lotsa* et non *lotza.*

Semblable erreur en la page ij, ligne 45, ou il faut escrire *usua* et non *uçua.*

En la page 11 il faut escrire *ahal urrina* auec double *rr.*

En la page 21 *ameztia* est mal interpretté bois taillis, car cest un bois de haute fustaye consistant en une sorte de chesnes que les gascons appellent *tausins.*

Page 27 faut lire *ark'ara* pour dire une brebis chaude, et non *arçara* qui signiffie *derrechef.*

Page 28 ligne 19 faut escrire *arrencas* par double *rr*, car auec simple *r* ce mot signiffie un harenc.

En la page 29 ligne ij les motz *eguiçu argui* sont superflus et ne respondent pas a linterpretation.

Page 30 *udar arnoa* ne veut pas dire pommé, mais poiré, cidre faict de poire.

Arno bustinoa ne veut pas dire vin pur mais du pommé pur, faict du suc de pomme, sans y mesler de leau.

En la mesme page 30 ligne 37, il faut escrire *arnoçalea* avec le ç a queüe et non auec *s.*

Page 31 ligne 2 faut escrire *arrasatcea* auec un *s* et non pas auec ç et en la troisiesme et en la quatriesme ligne *arras* doit estre aussy escrict par *s* et non par *z.*

En la ligne 32 *arrainçalea* doit estre escrict avec un *ç* et non auec *s.*

Page 32 ligne 4 il faut dire *arrastroa* auec *r* et o et non *arrastua.*

Aux lignes 8, 9, 10, 12, 13, 14, 17, il faut escrire *arrotz* auec un *s* et non auec z.

SUITTE DE L'EXPLICATION DES MOTZ BASQUES DEMANDEE
PAR MONSIEUR POUUREAU.

Dans la premiere partie de ladit° explication qui a esté enuoyée, il y a eu quelques motz dobmis et dautres mal expliqués, qui sont ceux qui sensuiuent jusques a la lettre *F*.

ABRUSCA ou **ABURSCA** veut dire la bouche contre terre.

ABURSCA ERORTEA, tomber la bouche en bas.

ABURSCA EZITEA, estre couché la bouche contre terre, le contraire est *erthangora eteitea* estre couché le visage en haut.

APENTCEA veut dire mettre ou poser cest presque le mesme que *iminzea*.

AHAGORRIA est le nom dune herbe.

AILLIOTZA veut dire pleust a Dieu quil dist.

AISITA au langage de Soule veut dire facile, aisé.

ALBENIA cest le bon endroit du drap autrement *aurkia*. Le contraire est *imprensua* : en basse Nauarre on dict *impersua*.

ERBOTA ALHARAZTEA cest faire trauailler le molin.

ANDURA une herbe appellee *hieble* en françois.

ARMAÇOIN veut dire un magasin darmes et aussi ce dequoy on bande une arbaleste dict autrement *armatotcha*.

ARRAÇADURA ne signiffie pas seulement une tache ou imperfection du corps dune personne mais aussi la tare ou autre deffaut quil y a dans un arbre ou dans une piece de bois. *Egur arroa* ou *harroa* bois vermolu ou carie.

ARRONTATZEA sier le bled.

ARROZCALEA. L'arriuee de gens qui viennent de loin.

ARRONTERA. Commun ou familier.

APODERA. Effort, emportement.

ARRUBIA. Hurlement de loup ou de chien.

ARROSAREN BALDEA veut dire pareil ou egal a la rose.

ARTESCARRA veut dire le blanc auquel on tire.

ARTESCARREAN HARIZEA, tirer au blanc. On sen sert aussy pour dire jouer au rampeau.

ARTERIOTSUA. Adroit, plein de ruse et dartiffice.

ARRONQUIDE veut dire camarade.

ARROQUIDE GAIZA. Facheus camarade.

ASSENTUA est un mot de Nauarre et *Dipuzcoa* pour dire deliberation ou resolution. On sen sert en quelques endroitz de Labourt pour signiffier un trauail de massonnerie, *etche horrec assentu ederra du*, la massonnerie de cette maison est belle.

AZTALA en basse Nauarre cest le talon, en quelques endroitz de Labourt, cest le gras de la jambe et en d'autres il se prend pour toute la jambe. Etcheberry en son dictionnaire le prend pour le jarret mais mal a mon aduis.

ASTRUA. Heur, sort, *astru ona*, qui a bon heur, *astru gaiza*, qui a mauuais heur.

AYERU signiffie semblant ou signe quon faict de lœil, il signiffie aussy coniecture ou soubçon. *Ayerus edo Agerus cerbayt erraytea,*

Dire par coniecture ou soubçon.

ASCANARROA. Le blaireau.

ASPIÇUNA. Longe de veau ou de pourseau.

AIHERTZU NORBAYTI IZATEA. Auoir desir de nuire a quelquun.

BAFA. Haleine mauuaise.

BALDE. Pareil.

BANDERICA. Bande, ligue.

BATZARY. Rencontre. *Batzari ondicoscoa,* Rencontre malheureuse.

BEHATZA. Longle.

BEHATZEUILLUA. Je ne scay que cest. *Acatzcuillua* veut dire longle en basse Nauarre et en Soule.

BELATZ veut dire proprement un espreuier, mais on dict aussy en basse Nauarre *guiçon belatza* pour un homme qui a un visage agreable.

BEREGAINZEA. Rendre particulier.

BESSATRA. Une brassee de foin ou de quelque autre chose.

BESSATRABANA veut dire la mesme chose.

BICORR. Morceau, relief. Il signiffie aussy le reiect ou rebut de la farine qui demeure dans le sas et aussy les petites bosses que le pain pousse en dehors lorsquon le faict cuire au four.

CHARHOA. Bougie. On sen sert par metaphore pour les estoiles qui eclairent la nuict.

CHILIMPORTA. Plongeon, oyseau.

CHINTA. *Haraguiaren chinda.* Cest le tour avec lequel on hausse et suspend un bœuf ou une vache a la boucherie.

CHIRRIZCA. Cest la voix dolente de celluy qui endure du mal. Ce mot auoit esté cy deuant mal expliqué par la voix des souris, qui sappelle *charrata* et non *chirrizca.*

CHURCAZEA. Cest froncer un drap, une toile ou quelque autre estoffe.

CHURRIATCEA. Courroyer.

CHURROINA. Ascelle ou poupee de lin.

CHURRUTA. Jest deau.

CIPERZEA. Creuer. *Cip'er eguinen uen, hori eguin espahu,* tu aurois creué si tu nauois faict cela.

COCAZEA. Saccrocher.

GOLOZPEA. Le dessous du menton.

BORNUA. Cest un terme de nautonniers, *bornuan ciaducac chalupa,* il tient la chaloupe a lancre.

BRANKA. *Chaluparen aincinecoa,* Rostrum nauis.

BROCELA. Cest le corps de la charrette qui a les deux costés fermés de clayes et quand les costés sont fermés dais on lapelle *arkera.*

BUSTANZEA. Germer. Il se dict du froment.

BUTHOI. Testu ou mutin.

BUTHOITZEA. Deuenir testu.

ÇANGARRA. Los de la jambe. Item, la jambette.

OTHE CARBAÇA. Souche du Jauneau.

ÇARÇO. Le bruict que font ceux qui parlent bas, *mussitatio* en latin.

SUAREN ÇARÇOA. Le bruict que faict la flamme quand elle est forte.

CORDOCAZEA. Esbranler.

CORROMUA. Une espece de poisson.

CORROMIOA. Transport de colere.

ÇORROTA. Cours deau.

CROCAZEA. Saccrocher. Cest le mesme que *cocazea.*

ÇUÇIA. Cest un brandon faict dune souche de pin ou dautre arbre combustible qui esclaire comme un flambeau. Il se prend par metaphore pour les planetes et estoiles.

LENHURU. Rayon. *Lenhurutsu*, rayonnant.

CUCUMA. Cest une espece de potiron quon apelle en Soule et en basse Nauarre *cacuxa*.

ÇUDICAZEA. Nouer le bord de la robbe au derriere comme font les femmes quand elles sappliquent au trauail.

ÇUDU. Cest une distance de terre et selon aucuns elle contient deux tiers de lieue. Il se prend par metaphore pour Linterest, *hain çudu handis doacun guero*, puisquil nous y va dun si grand interest. On dict plus communement *sudu* auec un *s* que *çudu*.

ÇELDERRA. Bourgeon ou bube qui vient a la face.

ÇUHAMU. Un pied de vigne qui sattache a un arbre. Il se prend aussi pour larbre et est plus usité en ce dernier sens.

ÇURRUNA. Roide, mort. Il signiffie aussy une personne lente et peu agissante.

ÇUHIRINCEA. Cest quand le bois se pourrist et se carie. *Çuhirina* est la poudre qui sort du bois carié.

ÇURGUINÇA. Charpenterie. Il vient de *çurguin*, charpentier.

DESTARTA. Estourdi, lourdaut.

EÇARIAN EÇARIAN. Peu a peu.

EGUINQUIÇUNA. Ce qui est encore a faire.

EHOALTCEA. Tistre. Il signifie aussy faire moudre.

EKAIA. Trauail, facherie : item, la matiere pour faire quelque ouurage. *K'uxa-ekhaia edo ekeia*, Le bois pour faire un coffre. *Guilz ekeia*, le fer pour faire une clef, on dict en Labourt *gaya*.

ENDREÇU. Adresse; item, seruice. *Endreçu eguin ciautac*, il ma esté faict un bon seruice ou office.

ENTREGU qui est faict et dressé a quelque trauail.

ERAUSTEA. Faire descendre, mettre bas; item : *arno eraustea*, tirer du vin, *testimonio falsu eraustea*, porter faux temoignage.

ERK'AINA. Le bout des doigtz. *Erkainetan hori badaqui*, Il sçayt cela au bout des doigtz.

ERDAIÑAZEA. Rogner ou accourcir un bois.

ERDEIÑAZEA. Fastidier.

ERC'AZEA. Comparer.

ERRAIÇUNA. Blasme, reproche.

ERRASUMINA. Cuison.

ESPARAC. Mouches longues qui se laissent prendre et quon a peyne de chasser.

ERREUESA. Reueche, farouche ou le reuers.

ERTHUNA. Pesant.

ESTANCUA. Arrestement.

ESTANTA. Instant. *Estant berian* au mesme instant. Item, estat. *Leheneco estantura itzuli da*. Il est retourné au premier estat.

ESTALGUNEA. Le couvert.

ESTECAILLUA. Attache.

ESTROPUA hazard, *estropu* fortuitement.

ETHORCORRA. Fruict ou herbe qui croit abondam'.

FACATIA. Glorieux, vain, leste.

FERDAMINA. Crasse verte qui sort du fil ou dun linge la premiere fois quon le met a la lessiue.

FOLDRA. Cest la suye ou crasse qui sattache aux parois des maisons ou il ny a pas de cheminée.

PICAINA. Cest le plus pur ou friant morceau dune viande ou mangeaille.

GARABA. Aucun. *Esta garabic.* Il ny eu a pas un seul.

GARBALA. Chauve du déuant de la teste.

GARAIÇARREANDA. Il a le dessus ou lauantage.

GOAYA. Le fleus ou le courant de la mer ou dune riuiere

GALDU-GORDEA. Perdu a perdre. *Galdu gordean doa*, il se va perdre.

GARHASSIA. Pleurs auec crierie et lamentation.

GASTANBERA. Du caillé.

GOITHAZEA. Espargner, reserver.

GOIHERRIAC. Les pays den haut *regiones superiores.*

GON-GOILLA. Tumeur ou gresse qui vient soubz le menton.

GORAGALEA. Vomissement, bondissement de cœur.

GORAITEA. Haussement.

GORDAILLUA. Lieu propre a cacher quelque chose.

GORGOINA. Brandilloir.

GORRINDOLA. Vermeil. Cest aussi le nom dun petit insecte qui est rouge a lexterieur.

GROSSAINA. Cest le froment estranger qni est plus grossier que celluy du pays quon appelle *herrogui.*

GUERBA. Cest la fleur du noyer ou du chesne.

GUERECI veut dire cerise et *guindoilla* guine.

GUINDOLZEA. Arbre qui porte les guines.

GUERECI ASQUENECOA BIDARRARA (faut dire *bidarreaua*) les dernieres cerises ou bigarreaus.

GUERRENZEA. L'endroit ou lon met la ceinture.

GUINDAXA. Cest un las a prendre les chiens qui vont manger les raisins a la vigne, auquel las est attaché un soliueau ou une grosse barre lun bout de laquelle tient a la languette du las et en lautre bout il y a une grosse pierre qui faict tomber ledit bout lorsque le las est desbandé et le chien demeure pendu a lautre bout.

GUNEA, en Soule, veut dire lieu ou endroit, en Labourt, il signiffie geste ou contenance.

GORPUZAREN GUNEAC. Les gestes ou contenances du corps.

PAUSAGUNEA. Reposoir.

GUP'IDA. Mesnagement ou espargne.

GUP'IDA DU BERE ONA. Il veut mesnager son bien.

GURA. Desir. Cest un terme de Biscaye duquel neantmoins Achular se sert souuent.

GURAZEA. Souhaitter, desirer.

GURDIA. Charrette, en langage de Biscaye.

GURGURAIA. Le bruit ou gasouillis que faict un ruisseau, lorsquil coule le long dun rocher, ou par un lieu pierreux.

CHIRRIPA MORTUCOA. Ruisseau qui coule de la haute montaigne.

HAGOA. La balance, *equilibrium*, par metaphore il se dict des choses qui sont en bon estat, mais pourtant en danger et en balance.

HARABAR veut dire bruit, tintamarre.

HARÇARAZEA. Reculer ou destourner. On dict en prouerbe *astocumea harçara*, lasnon va a reculons.

HARCHEDEA. Butte de pierre.

HARDIA. Carriere.

HARIA IRASQUIZEA. Tendre le fil pour tisser.

HARITZCANDO. Cest un jeûne chesne.

HARPA. Griphe; item, lengourdissement de la jambe.

HARRI AUARRA[1]**.** Grosse gresle ou pierre qui tombe de lair.

HARROA. Un arbre ou une souche vermolue et gastee par dedans; item, une noix tachee.

HARROQUIA. Monceau de pierres.

HASTAMU. Tastonement.

HASTIOA. Desdain, desgoust.

HATUAC. Hardes ou le bagage.

HASCARI GAIZA. Nourrisson qui reussit mal.

HAUTEMAITEA. Prendre garde, obseruer.

HARPEGUIA ou **AHORPEGUIA.** Le visage.

HEGUIGOA. Haine et malice enracinee.

HELANTÇA. Maladie ou infirmitté inueteree. Il signiffie aussy succes ou rencontre.

HELARANÇA. Idem.

HERABE. Repugnance, paresse.

HERKETZ, CHUCHEN. *Herkets cioac bidean*, il tient le droit chemin.

HERROCA. Ligne, file, rangee.

HERENGUILLA. Une personne de peu de force ou valeur

HESSIOA. Pieu.

HEUREGUI. Beaucoup.

HEUREGUIA. Abondance, foison.

HICITIA. Effrayé.

HISSITI. Opiniastre, obstiné.

HIRAGUNZEA. Seurer un enfant.

HISTEA. Vuider, acheuer, accomplir. *Bere desirac histea*, assouuir ses desirs.

HOLTÇA. Parois faict de tables.

---

1 On écrirait *abarra*.

HONDALÇA. Fondriere

HORRIA. Lais de drap.

HOSIGA. Eau creuse, profonde.

HUDIA. Le trou du joug dans lequel entre le timon de la charrette.

HUDIGOA. Auersion.

HUTSGUNEA. Lieu ou il y a danger de manquer ou faillir. *Vide hutsgunea halaco lekuan da*, lon peut manquer le chemin en un tel endroit.

JABALZEA. Saddoucir et temperer. *Aroa iabalzen da*, le mauuais temps diminue.

HAREN ASSERREA JABALCEN DA, sa collere saddoucit.

IAUNSCURA. Vestement.

IB.LGUNE EMASTEARENA. Demarche de la femme.

IBILQUETA. Promenade.

IC'ORCIRINAC. Tumeurs qui viennent a la main pour auoir trauaillé.

ICERLECAC. Grosse sueur qui engendre crasse.

ICHENDUS. par feinte ou faux semblant.

ICHIRIZEA. Digerer.

ICHURBATU ADIMENDUA. Lentendement troublé.

IC'USQUIÇUN. Qui est bon a voir. *Estu nitan icusquiçunic*. Il na point dinspection sur moy.

ICHEDARRAZEA. Esbrancher ou emonder un arbre.

INHAQUINA. Geste ou action par laquelle lon contrefaict quelquun. *haren inhaquina eguiten du*, il se contrefaict.

ILLHANTÇA. Le Milan.

INDURA, *bandura* ou *inura manura*, lon dict cela dun homme qui est irresolu et ne peut se determiner a faire ou a ne faire pas quelque chose.

IRIA. Lendroit ou lenuiron. *Veilla irian,* environ la veille.

INCIRINA. Gemissement.

IRRITZEA. Cest le mesme que *hirritzea,* sentrouvrir, *rimas agere.*

IRRIZEN DA LURRA. Lorsque la terre par une excessiue secheresse sentrouure et faict des creuasses.

GOSSEAC IRRITURIC. Accablé par une grande faim. *Hortzac irrituric,* ayant la bouche ouuerte et les dentz desserrées. *Hotzes irrituric,* transy de froid.

IRRITSA. Dessein, desir.

ISTACAINAC. Les nerfs du jarret.

ISTILLEROA. Le lieu ou on bastit les nauires.

ITZULHAYA. Cest un quartier de la grange dans lequel on faict un petit clos pour enfermer les bœufz afin quilz mangent mieux.

IULUFRINA. *Iulufraya,* Œillet giroflee.

LAMBOA. Obscurité, nuage.

LAMBROA. En Ipuscoa et en Viscaye, cest la brouee et *lambrozea,* lorsque la brouee sesleue.

LAMITIA. Friand.

LANÇADA. Coup de lance ou de quelque instrument pointu.

LAPASTEA. Cest lorsque le lalct se caille en le faisant cuire pour auoir esté trop gardé.

LAPICOA. Cest un mot de Biscaye qui signiffie le pot a faire le potage. *Elcea* en Labourt.

LASTIMA. Calamité, desolation.

LATARALEAC. Baladins, danseurs detachés qui dansent sans se tenir les uns aux autres et portent dordinaire des sonnettes aux jambes ou des castaignettes aux mains.

LEIHOSAREA. Jalousie.

LUMBRAZEA. En langage dIpuscoa veut dire, nommer.

LUPUA. Un mal qui vient aux bœufz et autres bestes.

LOLOAC. Les temples de la teste.

MALBA BARE IÇATEA, il faut dire, *Malbu bera içatea,* qui signiffie estre faible et malsain.

LUYA. Vent contraire.

ONCIA LUYETAN DA. Quand le nauire ne peut auancer a cause du vent contraire.

MALDA. Une espece de gale : item, une montee.

MALDAZEA. Deuenir chargé de cette sorte de gale.

MALDA ETA PATAR. Montee, costau.

MALCADURA. Blessure ; *malcatu,* blessé.

MALKARRA. Costau, montée. Etcheberri lexplique lieu pierreux.

MALLUCAZEA. Roüer un malfaicteur a cause quon luy rompt les membres dun mail sur la roue.

MAMORRA. Tendre, fragille. *Lur Mamorra,* terre fragille et aisee a labourer.

MARRUA. Hurlement de loups ou de chiens.

MARRUMA. Le rugissement du lyon.

MASCURZEA. Sendurcir. *Escuac mascurzen dira,* quand on ne peut les plier.

MEAC. Mines de fer, argent, etc.

MECANA. Un bandeau de toile fine que les femmes mettent au front par dessus leur coifure, quand elles vont par rue.

MEDERAZEA. Profiter, amender.

MEHACA. Un chemin estroit, aucuns disent quil signiffie une eminance.

MERCHEDEA. Grace, faueur.

MIRIGOSSA. Norri trop delicatement, douillet, en basse Nauarre lon dict *Merda*.

MORCOXTA. Grappe de rasin, autrement *gok'oa* et *murcoa*.

MORTUA. Montz pyrennees, on dit ailleurs *gorlua*.

MOTCHOTA. Espece de couurechef de femmes de condition commune.

MINGUINOTA. Cest une autre espece de couurechef des femmes.

MUGUERRA. Pierre a feu.

MUGUIDA. Mouuement, *lehen muguidac*, les premiers mouuemens.

MUILLOA. Estoupe.

MUSUA. Baiser.

MUSCUR. Gros et gras; item une crouste de pain.

NABAR. Coutre. Item, bigarré de diuerses couleurs.

NABARDURA. Bigarrure de couleurs.

NAUARIZEA[1]. Escrit auec un simple *r*, aperceuoir, descouurir de loin.

NAUEA[2] selon le dialecte de Guipuscoa et *naua*[3], selon le dialecte de la haute et basse Nauarre, cest une grande plaine proche les montaignes.

NEIZEA. Finir, acheuer.

OIHER. Oblique, tortu, qui nest pas droict; *bide oiherra*, chemin qui nest pas droict mais va par des tours.

OK'ELA. Piéce de chair, de pain, ou dautre chose bonne a manger.

OK'ELAZEA. Mettre en pieces.

OLDEA. Vouloir, *ene oldés*, de mon vouloir; *hire oldés*, de ton vouloir; *haren oldés*, de son vouloir; *haren olde gabés eguin da*, cela a esté faict contre son gré.

OLHIRIAC. Les aduenues de la ferrerie.

JONDONE MARTHIARI OLOAC PAGAZEA. Çest dautant quen Nauarre et en Castille la Vieille, le terme pour payer les rentes davoyne estoit a la saint Martin.

ON-IBARRAC. Biens immeubles, consistans en fondz et en heritages.

ONDORE. Relais. *Ondore on eguitea*, auoir un bon succes et suitte.

ORÇOSQUI. Air serain.

OSGORRI. Air rouge du costé du couchant ou du leuant.

MALÇOA. Faisceau; *othe malçoa*, un fais de Jauneau.

OTHAUARRAC[1]. Jauneaux.

PAMPOTSA. Propre, braue, pompeux.

HARRI PANTOCA, pile de pierres.

PARRA. Un cep de vigne qui est au deuant des maisons ou dans (lacceint?) item, une barriere; *parra iragaitea*, franchir la barriere; lon dict ailleurs *marra iragaitea* au mesme sens.

P'EIA. Entraues. *P'eiazea*, mettre aux fers. On dict autrement *boiazea* et les entraues *boiac*.

PERTALA est le mesme que *petrala* qui a esté expliqué au precedent memoire enuoyé a monsieur Poureau.

PESQUIÇA. Attente, esperance.

PICAINA. Le plus friand mourceau d'une viande.

PICAR. Chétif, infructueux, Sa-

---

[1] On écrirait *Nabarizea*.
[2] On écrirait *Nabea*.
[3] C'est-à-dire *Naba*.

[1] On écrirait *Othabarrac*.

gardi picarra, un verger qui n'a que peu de fruict.

PICAR NAUAR[1]. Bigarré.

PRESTANIAYOA. L'archiprestre.

P'UNSU EGOITEA. Faire la morgue, se tenir a l'escart par colere.

URLIAC ETA SANDIAC. Un quidan et un autre quidan. C'est comme disent les jurisconsultes Titius atque Sempronius.

SATSA. Poupee d'enfant et aussy celle qu'on met aux mays qu'on plante le premier jour de may.

SENTONA. Vieillard. *Sentoñtcea*, demeurer vieillard.

SEPA. Obstination.

GUIÇON SEPATUA. Homme obstiné.

CEMBERAUENA. C'est une sorte de fromage mol qui se faict du petit laict.

SOHORNA. Venelle, l'entredeux de deux maisons voisines ou tombe la goutiere.

SOKILLA ou **SUKILLA.** Grosse souche qui entretient le feu.

SUDU est le mesme que *çudu* qui a esté expliqué cy dessus.

HEREN-SUGUEA. Dragon a trois testes.

TANCAZEA. Fraper ou coigner quelque chose pour le faire entrer par force.

TELERAC. Les lattes sur lesquelles on tend le fil pour ouurer le resul ou la dentele.

TILLEA. Titre ou inscription.

TREMPEA. Disposition de la santé, *trempe on dut :* Je me porte bien. *Trempo gaiz dut*, je suis indisposé.

TREUEÇA[1]. Un siege pour s'assoir, trepied.

TREUEÇAZEA[2]. Trauerser.

TRINCHERA. Tranchée.

TROMBILCA. Un roulaut.

TUTULUYA. Sot, lourdaut.

VBELA. Couleur obscure, tirant au noir. Il se prend aussy pour les noirceurs que causent les contusions et meurtrisseures.

VELLACOA. Mechant garnemant.

VHENDILLA. Une espece d'insecte aquatique qui ressemble une araignee.

VRÇORRIA[3]. Un autre sorte d'insecte aquatique.

VRK'UGARIA. C'est un passetemps d'entre les jeunes garçons et les filles le soir du dernier jour de l'an, auquel les garçons attachent une corde aux jambes des filles jusques a ce qu'elles ayent offert quelque chose bonne a manger pour en faire un festin le lendemain et la veille des Roys. Les filles font le reciproque aux garçons.

VRTHUMEAC. Sont les agneaux, chevreaux, couchons, oysons et semblables petis animaux nez dans l'annee courante.

VSPELA est la noirceur que causent au corps d'une personne les coups et meurtrisseures qu'elle a souffertes.

---

[1] Aujourd'hui l'on écrirait *Trebeça*.

[2] On écrirait *Trebeñtcea*.

[3] Littéralement, poux d'eau.

[1] On écrirait *Nabar*.